La fête des Pères

Blaine Wiseman

Weigl

Publié par Weigl Educational Publishers Limited
6325 10th Street S.E.
Calgary, Alberta
T2H 2Z9

www.weigl.ca

Bibliothèque et Archives Canada - Données de Catalogage dans les publications disponibles sur demande.
Faxe 403-233-7769 à l'attention du Département des Registres de Publication.

ISBN : 978-1-77071-396-3 (relié)

Imprimé aux États-Unis d'Amérique, à North Mankato, Minnesota
1 2 3 4 5 6 7 8 9 0 15 14 13 12 11

072011
WEP040711

Rédacteur : Josh Skapin
Conception : Terry Paulhus
Traduction : Tanjah Karvonen

Tous les efforts raisonnablement possibles ont été mis en œuvre pour déterminer la propriété du matériel protégé
par les droits d'auteur et obtenir l'autorisation de le reproduire. N'hésitez pas à faire part à l'équipe de rédaction de toute
erreur ou omission, ce qui permettra de corriger les futures éditions.

Weigl reconnaît que les Images Getty est leur principal fournisseur de photos pour ce titre.
Alamy : page 9

Dans notre travail d'édition, nous recevons le soutien financier du gouvernement du Canada par l'entremise du Fonds
du livre du Canada.

Table des matières

Qu'est-ce que la fête des Pères ?

La fête des Pères est un jour pour honorer les pères. Ce jour-là, les enfants passent du temps avec leur père. Parfois, ils l'amènent à **un événement sportif** ou bien, ils lui font un cadeau spécial.

4

Quand est la fête des Pères ?

Au Canada, on célèbre la fête des Pères le troisième dimanche de juin chaque année. Tous les hommes qui aident à prendre soin d'un enfant sont aussi honorés ce jour-là, c'est-à-dire les beaux-pères, les frères, les grands-pères et les oncles.

Le message du jour de la fête des Pères

Il y avait, il y a environ 4 000 ans, un garçon du nom d'Elmusu qui vivait dans la ville de Babylone. Elmusu a sculpté un message spécial pour son père sur une carte de souhaits en **argile**. Il lui souhaitait une bonne santé et une longue vie. Depuis ce temps-là, la tradition d'honorer les pères a continué. De nos jours, plusieurs enfants donnent à leurs pères des cartes qu'ils ont faites ou achetées.

8

La fête des Pères en Amérique du Nord

En Amérique du Nord, le premier événement connu de la fête des Pères a eu lieu en 1908. Pendant la journée du 5 juillet, une église de la Virginie de l'Ouest a honoré les hommes qui étaient morts durant une récente explosion. La plupart étaient des pères.

La fête des Pères à Spokane

Le 19 juin 1910, on a célébré la première fête des Pères officielle à Spokane, Washington. La mère de Sonora Dodd était décédée depuis des années et Sonora voulait honorer les pères qui avaient élevé leurs enfants. Cette année-là, Sonora a commémoré l'anniversaire de naissance de son père avec des événements spéciaux. Bientôt, les gens ont commencé à célébrer la fête des Pères aux États-Unis et au Canada.

Les traditions de la fête des Pères

Les familles célèbrent la fête des Pères de différentes manières. Certaines font un pique-nique avec leur père. D'autres activités, telles que faire de la bicyclette ou jouer au golf, sont populaires pour la fête des Pères.

15

La fête des Pères autour du monde

Plusieurs pays du monde ont des célébrations semblables. Ces événements se tiennent à des jours différents pendant l'année. Au Népal, par exemple, la fête des Pères a lieu le jour après **la pleine lune**, vers la fin d'août ou le début de septembre.

Le père de la Nation

En Thaïlande, la fête des Pères se célèbre le jour de l'anniversaire de naissance du roi. C'est parce qu'on appelle le roi le 'Père de la Nation'. Ce jour-là, les enfants donnent une fleur de canna à leur père.

18

Les célébrations en Allemagne

En Allemagne, la fête des Pères se célèbre 40 jours après Pâques, le jour de l'Ascension. Les chrétiens croient que Jésus-Christ est monté au ciel ce jour-là. Ce jour est congé de travail ou d'école pour la plupart des gens. Les hommes participent à des excursions. Ils tirent **un wagon** rempli d'aliments et de breuvages traditionnels.

Les symboles de la fête des Pères

Le jour de la fête des Pères, plusieurs personnes portent une rose pour honorer leur père. La couleur de la rose a une signification spéciale. Une rose blanche est portée par ceux dont le père est mort et une rose rouge par ceux dont le père est vivant.

Glossaire

| l'argile | un événement sportif |
| la pleine lune | un wagon |

Index